folio cadet ■ premi

CW00943313

À Janice Thomson

Traduction de Catherine Gibert
Maquette : Barbara Kekus

ISBN : 978-2-07-062772-1
Titre original : *Will and Squill*
Publié pour la première fois par Andersen Press Ltd., Londres
© Emma Chichester Clark 2005, pour le texte et les illustrations
© Gallimard Jeunesse 2005, pour la traduction française, 2009, pour la présente édition
Numéro d'édition : 169317
Loi n° 49-956 du 16 juillet 1949 sur les publications destinées à la jeunesse
Dépôt légal : septembre 2009
Imprimé en France par I.M.E.

Gipsy et Alexis

Emma Chichester Clark

GALLIMARD JEUNESSE

1

C'est ainsi qu'Alexis
et Gipsy ont fait
connaissance.
Ils étaient tout petits.
Petit Alexis
et petit Gipsy.

– Oh, mon chéri!
s'écria la mère d'Alexis.
– Oh, mon chéri!
s'écria la mère de Gipsy.

– Vilain petit écureuil ! gronda la mère d'Alexis.
– Vilain petit bébé ! gronda la mère de Gipsy.
Mais Gipsy ne voulait qu'Alexis
et Alexis ne voulait que Gipsy.

C'est avec Gipsy qu'Alexis
apprit à marcher.
Et avec Alexis que Gipsy
apprit à nager.

Gipsy grandit. Alexis aussi.

Les parents d'Alexis
lui offrirent plein
de peluches mais Alexis
ne voulait que Gipsy.

Les parents de Gipsy
lui offrirent plein
de petits frères
et sœurs mais Gipsy
ne voulait qu'Alexis.

2

Ils avaient tant
de choses à faire.
– Balance-toi! disait Gipsy.
– Je le fais si, toi aussi,
tu le fais, disait Alexis.
– Pas de souci,
disait Gipsy.

Ils avaient tant de jeux à partager.
– Gipsy le fait si Alexis aussi ! chantonnait
Gipsy.
– Alexis le fait si Gipsy aussi ! chantonnait
Alexis.

Ils avaient tant de découvertes à faire.
– Que dirais-tu de manger des spaghettis,
Gipsy ? demandait Alexis.
– J'en veux aussi ! disait Gipsy.
– Les spaghettis, c'est exquis, ajoutait Gipsy.
– Et encore plus le sirop d'anis ! disait Alexis.

Ils se couchaient
à la même heure,
mais pas dans le même lit...

... et parfois si.
– Bonne nuit, Gipsy, disait Alexis.
– Bonne nuit, Alexis, disait Gipsy.

3

Un beau jour,
les parents d'Alexis
vinrent avec
une surprise.

– Oh! s'écria Alexis.
– Cette petite chatte est à toi, dirent ses parents.
– Pussy, Pussy! appela Alexis.

– Quelle bonne
petite chatte !
dit Alexis.

– Regarde ! Elle danse !
dit Alexis aussi.

– Comme elle est intelligente !
ajouta-t-il.

– Allez, Pussy ! Attrape, Pussy ! commanda Alexis.
Guili-guili sur le petit ventre ! dit Alexis.

– Sale petite chatte ! cracha Gipsy.
– Gipsy ! Arrête ces bêtises ! cria Alexis.

– Pauvre petite Pussy ! se désola Alexis.
Va-t'en, Gipsy !
– Je suis parti, dit Gipsy.

Mais... la petite chatte n'aimait pas vraiment sauter.
Et la petite chatte n'aimait pas vraiment jouer au foot.

La petite chatte n'aimait pas vraiment
grand-chose... à part dormir...

... et dormir.
Finalement, la petite
chatte n'était pas
si amusante que ça.

4

Alexis s'ennuyait de Gipsy.
De tout ce qu'il faisait avec lui.

– Que se passe-t-il, Alexis ?
lui demandèrent ses parents.
– Je m'ennuie de Gipsy,
répondit Alexis.

«Où est Gipsy ?
Reviendra-t-il un jour ? »
pensait Alexis.

Et puis, Alexis
vit Gipsy.

– Gipsy ! s'écria Alexis.
– Alexis ! s'écria Gipsy.
– Tu m'as l'air drôlement assis,
dit Alexis.
– Je me sens tout rétréci,
dit Gipsy.

– Tu me manques, Gipsy, dit Alexis.

– Tu me manques aussi, Alexis, dit Gipsy.

– Tu me demandes pardon ?
dit Gipsy.
– Je le fais si, toi aussi, tu le fais,
répondit Alexis.
– Pas de souci, dit Gipsy.
– Pardon ! dit Alexis.
– Pardon ! dit Gipsy.

5

– Et moi, est-ce que je peux
jouer avec ta petite chatte ?
cria la fillette.

– Oui !
Trois fois oui !
répondit Alexis.

– Chère petite chatte !
Il est temps de faire
une sieste, dit la fillette.
– Oh, oui ! ronronna Pussy.

Les parents de Gipsy
et ceux d'Alexis comprirent
que là où il y avait un Alexis,
il y avait un Gipsy
et là où il y avait un Gipsy,
il y avait un Alexis,
et que c'était très bien ainsi.

– J'espère que nous serons toujours amis,
dit Alexis.
– Gipsy le sera, si Alexis l'est aussi!
chantonna Gipsy.
– Alexis le sera si Gipsy l'est aussi!
chantonna Alexis.
– Alors, c'est dit! dit Alexis.
– Pas de souci! assura Gipsy.
Et ils restèrent amis.
Toute la vie.

FIN

L'auteur-illustratrice

Emma Chichester Clark, née à Londres en 1955, vit en Irlande jusqu'en 1975. Elle suit les cours de l'École des beaux-arts de Chelsea puis, de 1980 à 1983, ceux du Royal College of Art où elle est l'élève de Quentin Blake.

Devenue illustratrice, elle travaille pour des magazines tels que *Cosmopolitan* et *The Sunday Times* et crée de nombreuses couvertures de livres. Ses travaux font l'objet de plusieurs expositions dès 1984. Ayant remporté en 1988 le prestigieux prix « Mother Goose », qui récompense les talents les plus prometteurs dans le

domaine de l'illustration pour la jeunesse, sa carrière lui offre d'immenses succès. Illustrant aussi bien Shakespeare que Grimm, Andersen ou ses propres textes, elle est sans conteste l'une des artistes les plus reconnues de notre époque. Elle a notamment reçu le prix « Chronos » en 2004 avec *Molly au paradis*.
Emma Chichester Clark vit actuellement à Londres. Elle a un chat appelé Posy, en référence à l'illustratrice anglaise Posy Simmonds. L'un de ses passe-temps favoris est de regarder les oies et les canards... elle laisse alors Posy à la maison !

→ je commence à lire

Pour les jeunes apprentis lecteurs
Niveau 1

n° 1 par Quentin Blake

n° 2 par Tony Ross

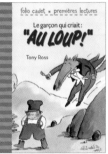

n° 3 par Tony Ross

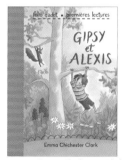

n° 4 par Emma Chichester Clark

n° 5 par Allan Ahlberg
et André Amstutz

folio cadet ▪ premières lectures

→ **je lis tout seul**

Pour les jeunes apprentis lecteurs
Niveau 2

n° 6 par Colin McNaughton

n° 7 par Jeanne Willis
et Tony Ross

n° 8 par Pef

n° 9 par Julia Donaldson
et Axel Scheffler

n° 10 par Janine Teisson
et Clément Devaux

folio cadet ▪ premières lectures